第９回「ほたる賞」グランプリ作品

おかあさんのパジャマ

渡辺博子・作　鈴木永子・画

ハート出版

「さつき、まこと、こっちに来《き》なさい」

夕方《ゆうがた》、テレビを見《み》ていたさつきとお姉《ねえ》ちゃんのまことは、お父《とう》さんによばれました。

だいすきなアニメは、ちょうど始《はじ》まったばかり。さつきは口《くち》をとがらせました。

「えー。もうちょっとだけー」

すると、お父《とう》さんはどなりました。

「いいから！　二人《ふたり》とも早《はや》くこい！」

さつきは、お姉《ねえ》ちゃんの肩《かた》がびくっとふるえたのを見《み》ました。いつもやさしいお父《とう》さんがどなるなんて、めったにないことでした。

しかし、こんなふうにめいれいされるなんて、さつきはいやな気《き》

持《も》ちでした。テレビの前《まえ》から動《うご》こうとしないさつきは、お姉《ねえ》ちゃんに手《て》をひっぱられて、しぶしぶと台所《だいどころ》に行《い》きました。

ごはんを食《た》べる時《とき》と同《おな》じように、お姉《ねえ》ちゃんがお父《とう》さんの横《よこ》へ、さつきはお母《かあ》さんの横《よこ》にすわりました。

お母《かあ》さんの顔《かお》を見《み》て、さつきの胸《むね》はどきどきしました。お母《かあ》さんは、なぜかとてもしんけんな顔《かお》をしていました。

学校《がっこう》の先生《せんせい》から電話《でんわ》があったのかも、さつきは思《おも》いました。一年《いちねん》生《せい》の二学期《にがっき》もおわりに近《ちか》づいているというのに、さつきはわすれものばかりで、きょうも先生《せんせい》にしかられたのです。

しかし、お父《とう》さんの話《はなし》は、さつきの思《おも》っていたのとはぜんぜんちがっていました。

「お母《かあ》さんが入院《にゅういん》することになった」

お父《とう》さんの言葉《ことば》に、さつきはおどろきました。お母《かあ》さんが病気《びょうき》だなんて、考《かんが》えたこともありませんでした。

お父《とう》さんは、ゆっくり言葉《ことば》をつづけました。

「もしかすると、手術《しゅじゅつ》するかもしれない。だから、東京《とうきょう》の病院《びょういん》に入院《にゅういん》するんだ」

さつきはお母《かあ》さんを、じっと見《み》ました。けれど、横《よこ》にいるのは、いつもと同《おな》じお母《かあ》さんで、そのお母《かあ》さんが病気《びょうき》だなんて、やっぱり信《しん》じられませんでした。それに、手術《しゅじゅつ》って何《なに》をするのかもよく分《わ》かりません。

ただ、東京《とうきょう》と聞《き》いてさつきの頭《あたま》にうかんだのは、デパートやたくさんのお店《みせ》がならぶ、にぎやかな町《まち》なみでした。

さつきのすんでいる町《まち》から東京《とうきょう》まで、新幹線《しんかんせん》で一時間《いちじかん》くらいかかります。それでも、お母《かあ》さんは年《ねん》に二《に》、三回《さんかい》、さつきとまことをつれて東京《とうきょう》に買《か》いものに行《い》きました。

さつきのすきなのはクリスマスのじきで、その時《とき》のにぎやかさはかくべつでした。

デパートの入《い》り口《ぐち》には、てんじょうまでとどくほどの大《おお》きなツリーがかざられ、楽《たの》しげなクリスマスの音楽《おんがく》が、通《とお》りまでもれていました。店《みせ》の中《なか》だけではありません。いたるところに、クリスマスのかざりがされ、町中《まちじゅう》が赤《あか》や緑色《みどりいろ》に光《ひか》りました。さつきはそれを見《み》るたびに、遊園地《ゆうえんち》にきたような楽《たの》しい気分《きぶん》になるのでした。

そんなことをぼんやりと思《おも》い出《だ》していたさつきは、お姉《ねえ》ちゃんの声《こえ》に、われにかえりました。

「手術《しゅじゅつ》なんていや！　東京《とうきょう》の病院《びょういん》なんて、行《い》っちゃだめ！」

お姉《ねえ》ちゃんの目《め》にはなみだがたまり、そのなみだをこぼさないように、お姉《ねえ》ちゃんは、まばたきをがまんしているようでした。

おもくるしいふんいきに、さつきはどうしていいのか分《わ》からず、首《くび》をすくめて、お父《とう》さんとお母《かあ》さんを見《み》ました。しかし、お父《とう》さんもお母《かあ》さんもうつむいているだけで、何《なに》も言《い》ってはくれませんでした。

しばらくたって、やっとお父《とう》さんが言《い》いました。

「そんなにしんぱいしなくてもだいじょうぶ。お母《かあ》さんが入院《にゅういん》して

いる間《あいだ》は、おばあちゃんがとまってくれる。二人《ふたり》ともおとなしくしていられるね？」

お姉《ねえ》ちゃんにつられて、さつきはよく分《わ》からないまま、こっくりうなずきました。

その夜《よる》、ベッドに入《はい》ったさつきは、お母《かあ》さんのことを考《かんが》えていました。お母《かあ》さんが東京《とうきょう》に行《い》って手術《しゅじゅつ》する、そう頭《あたま》の中《なか》でなんどつぶやいてみても、やっぱりぴんときませんでした。

さつきは、となりにねているお姉《ねえ》ちゃんに言《い》いました。

「お母《かあ》さんが病気《びょうき》だなんて、信《しん》じられないよね？」

しかし、返事《へんじ》はありませんでした。

もういちど、さつきは大《おお》きな声《こえ》で言《い》いました。

「ねえ、まことちゃんてば。お母《かあ》さん、いつから病気《びょうき》なんだろう?」

すると、お姉《ねえ》ちゃんはどなりました。

「うるさい! 早《はや》くねてよ!」

さつきは、お姉《ねえ》ちゃんの声《こえ》がふるえているのに気《き》づきませんでした。だから、どなられてむっとしたさつきは、

「六年生《ろくねんせい》だからっていばっちゃって、ばかみたい」

などと言《い》いました。それでもお姉《ねえ》ちゃんは、何《なに》も言《い》いかえしてきませんでした。ふしぎに思《おも》ったさつきは、お姉《ねえ》ちゃんのほうを見《み》ました。お姉《ねえ》ちゃんのふとんは、こきざみにゆれていました。それでさつきは、お姉《ねえ》ちゃんは泣《な》いているのだとやっと分《わ》かりました。

さつきは、とてもふあんな気持《きも》ちになりました。きょうは今《いま》まで

とは、まるでちがっていました。しわをよせたお父《とう》さんの顔《かお》、うつむいたままのお母《かあ》さん、なみだがこぼれないように、歯《は》をくいしばるお姉《ねえ》ちゃん。すべてが、はじめて見《み》る顔《かお》ばかりでした。

さつきは、おなかのどこかが、ぎゅーっとなるのを感《かん》じました。こわくなって、となりのふとんに手《て》をいれると、お姉《ねえ》ちゃんの手《て》をさがしました。お姉《ねえ》ちゃんはふるえながらも、さつきの手《て》をぎゅっとにぎってくれました。あたたかい手《て》に、さつきは少《すこ》しだけあんしんして、いつのまにかねむってしまいました。

つぎの日《ひ》、お父《とう》さんもお母《かあ》さんも、いつもと同《おな》じにもどっていました。お父《とう》さんはにこにこしているし、お母《かあ》さんだって、元気《げんき》でよくわらい、そして、宿題《しゅくだい》ができていない、食《た》べるのがおそいと言《い》っては、さつきに小言《こごと》をいいました。

それからも、だれもお母《かあ》さんの入院《にゅういん》を口《くち》にする人《ひと》はいませんでした。さつきは、テレビを見《み》たり、学校《がっこう》に行《い》ったりしているうちに、そのことをすっかりわすれてしまいました。


十日《とうか》ほどすぎた朝《あさ》、さつきは居間《いま》のソファーの前《まえ》に、大《おお》きな黒《くろ》いバッグがあるのに気《き》づきました。中《なか》には、タオルやビニールに入《はい》ったままのパジャマ、歯《は》ブラシ、せっけんなどが入《はい》っていました。

さつきは、テレビの前《まえ》で、しきりに目《め》をこすっているお父《とう》さんに聞《き》きました。

「これ?」

お父《とう》さんは、赤《あか》い目《め》でさつきを見《み》つめて、言《い》いました。

「お母《かあ》さんが入院《にゅういん》するために用意《ようい》したものだよ。パジャマとか、タオルとか、新《あたら》しいものがひつようだからね」

さつきは、はっとしました。

「お母《かあ》さん、きょう、東京《とうきょう》に行《い》くの？」

お父《とう》さんは目《め》のはしをふるわせました。

「さつきたちが学校《がっこう》に行《い》ったら、お父《とう》さんたちも出発《しゅっぱつ》するよ」

その時《とき》、チャイムが鳴《な》りました。

「おはよう。さつきはおきてる？」

やって来《き》たのは、エプロンすがたのおばあちゃんでした。おばあちゃんも、黒《くろ》い大《おお》きなバッグを持《も》っていました。

さつきのしせんに気《き》がついたおばあちゃんは、ふざけるように言《い》いました。

「すごいにもつだろう？　これ、おとまり道具《どうぐ》さ」

おばあちゃんの声《こえ》を聞《き》きつけて、お母《かあ》さんは台所《だいどころ》から出《で》てきました。そして、おばあちゃんがくつをぬいでいる間《あいだ》に自分《じぶん》のバッグをげんかんにうつし、かわりに、おばあちゃんのバッグをソファーの前《まえ》におきました。さつきはそれがいやでたまりませんでした。

おなかのどこかが、またぎゅーっとなって、さつきは思《おも》わず言《い》いました。

「おばあちゃん、帰《かえ》っていいよ」

お母《かあ》さんは、めっというように、さつきにこわい顔《かお》をしました。

しかし、おばあちゃんは何《なに》も聞《き》こえなかったように、さつきの頭《あたま》をやさしくなでました。さつきははずかしくなって、うつむいてしまいました。

みんなだまったままの朝食《ちょうしょく》をすませると、おばあちゃんはしせいを正《ただ》し、お父《とう》さんにふかぶかと頭《あたま》を下《さ》げました。

「和正《かずまさ》さん。ごめいわくかけてすいません。まさか、むすめがこんな病気《びょうき》になるなんて思《おも》ってもいなかった」

そう言《い》って、おばあちゃんはなみだをエプロンでぬぐいました。

お母《かあ》さんは目《め》をおさえたまま、どこかに走《はし》っていってしまいました。

お父《とう》さんは、お母《かあ》さんのすがたを目《め》でおいながら、言葉《ことば》をさがしているようでした。

そんなやりとりを、さつきはだまって見《み》ていました。こわくてこわくて、にげだしてしまいたいのに、イスに体《からだ》がはりついてしまったように、動《うご》くことはできませんでした。

さつきは、そばにいたお姉《ねえ》ちゃんの手《て》をとりました。この間《あいだ》、あんなにあたたかかったお姉《ねえ》ちゃんの手《て》は、今《いま》はべったりとしめっていました。さつきは、泣《な》きそうになるのをひっしにがまんしなくてはいけませんでした。

学校《がっこう》に行《い》く時間《じかん》になりました。歩《ある》くのがおそいさつきは、お姉《ねえ》ちゃんよりも先《さき》に家《いえ》を出《で》なくてはなりません。さつきはお父《とう》さんにせかされて、やっとランドセルを手《て》にとりました。すると、いつのまにかもどっていたお母《かあ》さんが、かたにランドセルをのせてくれました。

お母《かあ》さんは、いつものようにランドセルを二回《にかい》たたくと、言《い》いました。

「行《い》ってらっしゃい。おばあちゃんの言《い》うことをよく聞《き》いて、いい子《こ》でいてね。病院《びょういん》から電話《でんわ》するからね」

けれども、さつきはお母《かあ》さんの顔《かお》を見《み》ることはできませんでした。

さつきは、くるりと背中《せなか》を向《む》けて、げんかんをとび出《だ》しました。

学校《がっこう》をおえると、さつきは力《ちから》のかぎり走《はし》って家《いえ》に帰《かえ》りました。学校《がっこう》にいる間《あいだ》、早《はや》く帰《かえ》りたい、そればかりを考《かんが》えていました。しかし、もうどこをさがしても、黒《くろ》いバッグもお母《かあ》さんのすがたもありませんでした。

こうして、お母《かあ》さんのいない生活《せいかつ》は始《はじ》まりました。お母《かあ》さんがいなくなってから、さつきには、二人《ふたり》のお母《かあ》さんがわりができました。一人《ひとり》は、食事《しょくじ》や身《み》の回《まわ》りの世話《せわ》をしてくれる、〝おばあちゃんお母《かあ》さん〟でした。おばあちゃんは、朝《あさ》おきたらすぐに冷《つめ》たいお水《みず》をのむといいとか、お風呂《ふろ》にみかんの皮《かわ》を入《い》れると体《からだ》があたたまるとか、いろいろなことを教《おし》えてくれました。

さつきのお気《き》に入《い》りは、ねる前《まえ》にする体操《たいそう》でした。おもしろいのは、「いっちに！　いっちに！」と、かけ声《ごえ》をかけるところで、さつきはまいばん、おばあちゃんと体操《たいそう》するのが、にっかになりました。

もう一人《ひとり》のお母《かあ》さんは、〝まことお母《かあ》さん〟でした。お姉《ねえ》ちゃんは「宿題《しゅくだい》をやりなさい！」とか、「あしたの学校《がっこう》のしたくができてない！」とか、さつきの後《あと》にくっついては、もんくばかりを言《い》いました。

一番《いちばん》こわいのは、さつきがわがままを言《い》った時《とき》でした。ハンバーグやスパゲティを食《た》べたいと言《い》っておばあちゃんをこまらせた時《とき》なんて、さつきは、お父《とう》さんよりもお姉《ねえ》ちゃんにひどくしかられてしまいました。

それでも、いいこともありました。お姉《ねえ》ちゃんは、前《まえ》よりもずっとさつきと遊《あそ》んでくれるようになったのです。友《とも》だちと遊《あそ》ぶときでも、さつきをいっしょにつれて行《い》ってくれました。おかげで、さつきは行《い》ったことのない公園《こうえん》やお店《みせ》に行《い》くことができました。

しかし、とっておきの楽《たの》しみは、夜《よる》の七時《しちじ》になるとかかってくる、お母《かあ》さんからの電話《でんわ》でした。長《なが》くは話《はな》せませんでしたが、お母《かあ》さんはよく電話《でんわ》をくれました。どちらが先《さき》に電話《でんわ》に出《で》るかで、さつきはお姉《ねえ》ちゃんとよくケンカをしましたが、たいていはさつきにゆずってくれました。

さつきはさいしょ、お母《かあ》さんと電話《でんわ》で話《はな》すのをてれくさく思《おも》いました。今《いま》まで、お母《かあ》さんと電話《でんわ》で話《はな》したことなどなかったからです。しかし、そのうちにさつきは、お母《かあ》さんが家《いえ》にいたときには話《はな》すことができなかったようなことでも、電話《でんわ》だと話《はな》せることに気《き》づきました。友《とも》だちとケンカして悲《かな》しい思《おも》いをしても、お母《かあ》さんに話《はな》すと、もうどうでもいいことのように思《おも》えましたし、お母《かあ》さんとさつきだけのひみつができた気持《きも》ちがして、うれしくも思《おも》いました。

こんなふうに、家《いえ》にいる間《あいだ》は、こまることはほとんどありませんでした。たくさんのお母《かあ》さんがわりがめんどうを見《み》てくれましたし、さみしくなれば、お母《かあ》さんと電話《でんわ》で話《はな》すこともできました。

ただ、学校《がっこう》ではそうもいきませんでした。お母《かあ》さんがいないことで、さつきがつらい思《おも》いをすることの大半《たいはん》は、学校《がっこう》でおこりました。

さいしょのじけんは、お母《かあ》さんが入院《にゅういん》してすぐのことでした。

昼休《ひるやす》み、教室《きょうしつ》のとびらが開《ひら》き、とつぜんおばあちゃんが入《はい》ってきました。おばあちゃんはきょろきょろして、さつきをさがしているようでした。さつきはあわてておばあちゃんのそばにかけよりまし

たが、少《すこ》しおそすぎました。おばあちゃんは、クラス中《じゅう》にひびきわたるような声《こえ》で、こう言《い》ったのです。

「さつきー、体操服《たいそうふく》を持《も》ってきてやったぞー！」

クラスのみんなが、あっけにとられたようにさつきを見《み》ていました。あまりのはずかしさに、さつきは顔《かお》をまっかにしました。

「わすれものなら、げたばこに入《い》れてくれればよかったのに。お母《かあ》さんはそうしてくれたよ」

さつきはおこって言《い》いましたが、おばあちゃんはにこにこわらっているだけでした。

おばあちゃんが教室《きょうしつ》から出《で》て行《い》くと、それをまっていたように、男《おとこ》の子《こ》たちがさつきを囲《かこ》みました。そして、口《くち》ぐちに、はやしたてました。

「かっこわるい」

「なんだ、あれー？」

中《なか》には、ろうかに逃《に》げたさつきの後《あと》を、

「さつきー！　体操服《たいそうふく》だぞー！」

と、おばあちゃんのまねをしながら追《お》いかけてくる子《こ》もいました。

さつきはけっきょく、校庭《こうてい》まで逃《に》げださなくてはいけませんでした。

それからも、たびたび男《おとこ》の子《こ》たちは、さつきをからかいました。

そのたびにさつきは、

（お母《かあ》さんがいてくれたら）

と、くやしく思《おも》いました。

もっともっとつらいこともありました。それはお楽《たの》しみ会《かい》のときのことでした。

お楽《たの》しみ会《かい》の前日《ぜんじつ》、さつきはおばあちゃんに、駅前《えきまえ》のぶんぼうぐ屋《や》につれて行《い》ってくれるようにねだりました。百円《ひゃくえん》いないで、プレゼントを用意《ようい》しなくてはいけなかったからでした。

しかし、おばあちゃんがさつきをつれて行《い》ったのは、近《ちか》くの海《うみ》でした。おばあちゃんは、石《いし》に絵《え》をかいて、それをプレゼントにしようと言《い》うのです。

さつきはいやだと言《い》いましたが、おばあちゃんは、

「手作《てづく》りのほうがいいに決《き》まってる」

と言《い》ってききません。

さつきはあきらめるしかありませんでした。

ひろってきた石《いし》に、おばあちゃんは絵《え》の具《ぐ》で色《いろ》をぬりました。丸《まる》くくぼんだ部分《ぶぶん》に、黒《くろ》の絵《え》の具《ぐ》で目《め》をつけ、そして、細長《ほそなが》い部分《ぶぶん》には、いろんな色《いろ》の毛糸《けいと》をくっつけました。できあがったのは、かわいらしい石《いし》の鳥《とり》でした。

さつきから話《はなし》を聞《き》いたお父《とう》さんは、

「きれいじゃないか。みんなよろこぶよ」

と言《い》いました。さつきは、

(おばあちゃんもお父《とう》さんも分《わ》かってない)

と思《おも》いました。みんなはお店《みせ》で買《か》ったものを持《も》ってくるに決《き》まっていました。

(石《いし》なんか持《も》っていくのはわたしだけ)

さつきはみじめな気持《きも》ちでした。でも、いっしょうけんめい作《つく》ってくれたおばあちゃんにわるいと思《おも》って、だまっていました。

ゼリーを作《つく》ったり、ゲームをしたりして、お楽《たの》しみ会《かい》はどんどん進《すす》んでいきました。そして、ぜんぜん楽《たの》しい気分《きぶん》になれないまま、とうとう、おそれていたプレゼントこうかんは始《はじ》まりました。みんなで大《おお》きな円《えん》をつくり、クリスマスの音楽《おんがく》に合《あ》わせて、手《て》から手《て》にプレゼントを回《まわ》していきました。

さつきは自分《じぶん》のプレゼントが回《まわ》っていくのを見《み》つめていました。

(女《おんな》の子《こ》の前《まえ》で止《と》まれ)

さつきはねがいましたが、音楽《おんがく》が止《と》まったとき、さつきのプレゼントをかかえていたのは男《おとこ》の子《こ》でした。

男《おとこ》の子《こ》たちは教室《きょうしつ》のすみに集《あつ》まり、じゅんばんにプレゼントを開《あ》けはじめました。少《すこ》しはなれたところから見《み》ていたさつきは、耳《みみ》にいしきを集中《しゅうちゅう》させて、男《おとこ》の子《こ》たちのようすをうかがいました。

「なにこれ？　へんな鳥《とり》！」

男《おとこ》の子《こ》が言《い》うと、さつきはすぐに男《おとこ》の子《こ》たちのところに走《はし》りました。そして、自分《じぶん》の持《も》っていたプレゼントをさしだして言《い》いました。

「わたしのと、かえてあげる」

男《おとこ》の子《こ》たちはいっしゅん、びっくりしたような顔《かお》をしました。そして、それがさつきの持《も》ってきたプレゼントだと分《わ》かると、また、いっせいに、はやしたてました。

「だっせー」

「こんなもの、持《も》ってくるなよー」

さわぎに気《き》づいた先生《せんせい》は、すぐにかけつけてきました。先生《せんせい》はやさしくさつきに聞《き》きました。

「さつきちゃん、どうしてこんなものを持《も》ってきたの？」

さつきは先生《せんせい》の言葉《ことば》に深《ふか》くきずつきました。先生《せんせい》なら、なぜこれを持《も》ってきたのか、分《わ》かってくれると信《しん》じていたからでした。

さつきは、男《おとこ》の子《こ》たちいじょうに、先生《せんせい》をにくらしく感《かん》じました。

それなのに、先生《せんせい》はふしぎそうな顔《かお》で、さつきの顔《かお》をのぞきこもうとします。だから、さつきは机《つくえ》につっぷして、顔《かお》をかくしてしまい

ました。

それからさつきはずっとそうしていました。そうじの時間《じかん》になってもイスにすわったまま、帰《かえ》りの会《かい》になっても、ぜったいに顔《かお》を上《あ》げませんでした。そして、こまりはてた先生《せんせい》に、

「いいかげんにしなさい！」

とおこられて、とうとう、声《こえ》をあげて泣《な》いてしまいました。

その日《ひ》、さつきは家《いえ》にもどると、まっすぐに自分《じぶん》の部屋《へや》に行《い》きました。さつきの心《こころ》の中《なか》は、悲《かな》しみやいかりやくやしさで、ごちゃまぜでした。さつきは、机《つくえ》の一番《いちばん》おくに石《いし》の鳥《とり》をつっこんで、だれにも聞《き》こえないように、声《こえ》をおしころして泣《な》きました。それでも、

（お母《かあ》さんがいてくれたら）

その思《おも》いだけは、どれだけ泣《な》いても消《き》えることはありませんでした。

さつきはふらふらと部屋《へや》を出《で》ると、お母《かあ》さんをさがして、お父《とう》さんとお母《かあ》さんの部屋《へや》に向《む》かいました。

部屋《へや》には、もちろんお母《かあ》さんはいませんでした。それでも、お母《かあ》さんの洋服《ようふく》の数《かず》をかぞえたり、お母《かあ》さんのブラシでかみの毛《け》をとかしたりしていると、さつきの心《こころ》はおちつきました。それからさつきは、タンスの中《なか》にお母《かあ》さんのパジャマを見《み》つけ、それをかかえて、お母《かあ》さんのベッドにもぐりこみました。

ひんやりと冷《つめ》たいベッドの中《なか》は、お母《かあ》さんのにおいがしました。なつかしいにおいに、さつきの目《め》からなみだがこぼれました。さつきは、お母《かあ》さんのパジャマに鼻《はな》をおしつけました。お母《かあ》さんのにおいがいっぱいしみついたやわらかなパジャマは、さつきのなみだをぜんぶすいとってくれました。

それから毎日《まいにち》、さつきはお母《かあ》さんのパジャマをだいてねむりました。パジャマに鼻《はな》をおしつけて、お母《かあ》さんのにおいをかいでいると、どれだけ悲《かな》しんでいても、朝《あさ》になると元気《げんき》になりました。

さつきは学校《がっこう》でのことを、だれにも話《はな》しませんでした。お父《とう》さんやおばあちゃんはもちろん、お母《かあ》さんにはぜったいに話《はな》さないと決《き》めていました。電話《でんわ》を切《き》るとき、お母《かあ》さんはかならず、

「お母《かあ》さんのいないせいで、学校《がっこう》でこまったり、いやな思《おも》いをしてない？」

と聞《き》きました。さつきはお母《かあ》さんを悲《かな》しませたくなくて、ほんとうのことは言《い》えませんでした。

さつきは、みんなそれぞれの方法《ほうほう》でさみしさをがまんしていると知《し》っていました。お父《とう》さんはお酒《さけ》をのむのをやめましたし、お姉《ねえ》ちゃんはねる前《まえ》にかならず、富士山《ふじさん》に向《む》かっておいのりを始《はじ》めました。おばあちゃんも、たくさん折《お》り紙《がみ》を買《か》ってきて、ひまさえあればツルを作《つく》っていました。

さつきは、お姉《ねえ》ちゃんといっしょにおいのりしたり、おばあちゃんとツルを作《つく》ったり、また、ときどき、お姉《ねえ》ちゃんにお母《かあ》さんのパジャマをかしてあげたりしながら、お母《かあ》さんが帰《かえ》ってくるまでがんばろうと思《おも》いました。

十二月《じゅうにがつ》の半《なか》ば、お母《かあ》さんは手術《しゅじゅつ》をしました。朝早《あさはや》くから出《で》かけたお父《とう》さんが帰《かえ》ってきたのは、夕方《ゆうがた》になってからでした。

お父《とう》さんはつかれきった顔《かお》で、それでもうれしそうに言《い》いました。

「手術《しゅじゅつ》、せいこうしたよ。もう少《すこ》ししたら、お見《み》まいに行《い》こう」

その夜《よる》、さつきはうれしくて、ねむれませんでした。ぼんやりと明《あか》るい光《ひかり》の中《なか》で、いつもより長《なが》くおいのりするお姉《ねえ》ちゃんの背中《せなか》が見《み》えました。さつきもお母《かあ》さんのパジャマに鼻《はな》をおしつけて、

(お母《かあ》さんが早《はや》く元気《げんき》になりますように)

と、いのりました。

クリスマスも近《ちか》づき、お母《かあ》さんのお見《み》まいに行《い》く日《ひ》がせまってい

たころ、もう一《ひと》つのじけんがおこりました。

「おどけものです」

げんかんのチャイムが鳴《な》り、立《た》っていたのは、白《しろ》いせいふくを着《き》たお兄《にい》さんでした。お兄《にい》さんは、大《おお》きなダンボールをどさっとおいて言《い》いました。

「東京《とうきょう》からです」

それは入院《にゅういん》しているお母《かあ》さんからでした。ダンボールには、さつきも行《い》ったことのある、東京《とうきょう》のデパートのほうそう紙《し》がまかれていました。赤《あか》い紙《かみ》をゆびさして、おばあちゃんは言《い》いました。

「クリスマスツリーだって。お母《かあ》さんからのプレゼントかな」

さつきはとびあがりました。手術《しゅじゅつ》がおわり、少《すこ》し元気《げんき》になったお母《かあ》さんと電話《でんわ》で話《はな》しているとき、クリスマスツリーがほしいとおねがいしたのです。

東京《とうきょう》のデパートにあるような、てんじょうまでとどくほどの大《おお》きなツリーがほしい、そう言《い》うと、お母《かあ》さんはぜったいに買《か》ってくれるとやくそくしてくれました。さつきはすっかりうれしくなりました。

さつきはダンボールを引《ひ》きずって居間《いま》に運《はこ》び、お父《とう》さんをせかせて、ツリーを組《く》み立《た》ててもらいました。しかし、ツリーができあがる前《まえ》に、さつきのわくわくする気持《きも》ちは、しぼんでいました。ダンボールはとても大《おお》きいのに、できあがったツリーは、さつきのこしくらいの大《おお》きさしかありませんでした。

「すごく小《ちい》さい！」

さつきが言《い》うと、お姉《ねえ》ちゃんはおこりました。

「もんくを言《い》うんじゃない。せっかくお母《かあ》さんが送《おく》ってくれたのに」

がっかりしたのと、おこられたくやしさで、さつきはかっとしました。

「だって、だって、お母《かあ》さんはすごく大《おお》きなツリーを買《か》ってくれるって言《い》ったもん！」

そばで聞《き》いていたお父《とう》さんは、こわい声《こえ》をだしました。

「わがままばっかり言《い》って、さつきはわるい。これでがまんしなさい」

おばあちゃんも言《い》いました。

「そうだよ。まったく、こまった子《こ》だよ」

さつきの心《こころ》のどこかで、何《なに》かがぱちんと音《おと》を立《た》ててはじけました。

さつきは、小《ちい》さな子《こ》どものように、足《あし》をばたばたさせて泣《な》きさけびました。

「いや、いや！　もっと大《おお》きなのがいいの！」

さつきの頭《あたま》の中《なか》は、いろんな思《おも》いでいっぱいでした。男《おとこ》の子《こ》にからかわれても、お楽《たの》しみ会《かい》で先生《せんせい》にしかられても、さつきはずっとがまんしてきました。それは、ぜんぶお母《かあ》さんがいないせいでした。

きょうだって、お母《かあ》さんが元気《げんき》だったら、いっしょにデパートに行《い》って、さつきのすきなツリーを買《か》ってくれたかもしれません。

それなのに、みんなはさつきをわがままだと言《い》うのです。さつきはくやしくて、くやしくて、気持《きも》ちをおさえることはできませんでした。

いつまでも泣《な》きやまないさつきに、おこったお父《とう》さんは、ツリーをばらばらにすると、ダンボールにもどしてしまいました。さつきは大《おお》きくしゃっくりをあげると、床《ゆか》に顔《かお》をこすりつけて、わーんと大声《おおごえ》で泣《な》きました。

その夜《よる》、七時《しちじ》になって、電話《でんわ》が鳴《な》りました。お姉《ねえ》ちゃんはこわい顔《かお》をして、さつきに、すぐに電話《でんわ》に出《で》るようにと言《い》いました。そう言《い》われて、さつきの体《からだ》はかたくなり、動《うご》けなくなりました。

けっきょく、さいしょに電話《でんわ》にでたのは、お姉《ねえ》ちゃんでした。お姉《ねえ》ちゃんは、せいいっぱい明《あか》るい声《こえ》で言《い》いました。

「うん。きょう、とどいたよ！　すっごくびっくりした。病院《びょういん》から注文《ちゅうもん》してくれたの？　うん。さつきも気《き》に入《い》ってるよ。まってて、今《いま》さつきにかわるから」

さつきをにらみつけてから、お姉《ねえ》ちゃんは受話器《じゅわき》をわたしました。

「ツリー、どう？　気《き》に入《い》ってくれた？」

わくわくしたようなお母《かあ》さんの声《こえ》が聞《き》こえました。しかし、さつきはすぐに答《こた》えられませんでした。うんと言《い》わなくてはいけないことも分《わ》かっていました。しかし、あんなに泣《な》いてしまったのに、みんなの前《まえ》で、うんと答《こた》えるのは、はずかしいことでした。

それでも、さつきが勇気《ゆうき》を出《だ》して、ありがとうと言《い》いかけたそのとき、お姉《ねえ》ちゃんが『ツリーのおれいをいいなさい』と紙《かみ》に書《か》いて見《み》せました。

さつきはまたくやしくなって、口《くち》まででかかった言葉《ことば》をのみこみました。そして、かわりにつぶやきました。

「ツリー、小《ちい》さかったね」

電話《でんわ》の向《む》こうで、お母《かあ》さんが、がっかりしたのが分《わ》かりました。

「ごめんね。さつきの思《おも》ってたのより、小《ちい》さかったかな」

悲《かな》しそうなお母《かあ》さんの声《こえ》に、さつきはすぐに言《い》ってしまったことをこうかいしました。さつきは受話器《じゅわき》をお父《とう》さんにおしつけると、自分《じぶん》の部屋《へや》に走《はし》っていきました。

ベッドにもぐりこみ、ふとんをかぶって泣《な》いていると、後《あと》を追《お》いかけてきたお姉《ねえ》ちゃんが、さつきのまくら元《もと》で言《い》いました。

「あんなこと言《い》って！　もし、もし、お母《かあ》さんの病気《びょうき》がわるくなったら、そしたら、さつきのせいだからね！」

お姉《ねえ》ちゃんは、さつきがしたように、いちど大《おお》きくしゃくりあげると、泣《な》きました。さつきは自分《じぶん》がどんなにひどいことを言《い》ったのかを、あらためて思《おも》いしりました。さつきはお母《かあ》さんのパジャマに鼻《はな》をおしつけて、

（お母《かあ》さんの病気《びょうき》がこれいじょう、わるくなりませんように）

と、明《あ》け方《がた》まで、いっしょうけんめい、いのりつづけました。

お見《み》まいの日《ひ》、さつきはしずんだ気持《きも》ちで、新幹線《しんかんせん》にのっていました。あれからお姉《ねえ》ちゃんは、いちども口《くち》をきいてくれませんでし

た。お父《とう》さんはおこってはいないようでしたが、もうツリーを出《だ》してくれませんでした。

だまったまま東京駅《とうきょうえき》につくと、そこからはバスにのりました。窓《まど》から見《み》えるながめは、さつきが知《し》っている東京《とうきょう》とちがって、なんだか息《いき》ぐるしくなるものでした。通《とお》りには、灰色《はいいろ》に古《ふる》ぼけた建《た》てものがきゅうくつそうにならんでいますし、歩道《ほどう》には黒《くろ》や灰色《はいいろ》のスーツを着《き》た人《ひと》たちが列《れつ》をなして、いそがしそうに歩《ある》いています。さつきは、こんなところにひとりぼっちでいるお母《かあ》さんをかわいそうに思《おも》いました。

バスをおり、しばらく歩《ある》くと、お母《かあ》さんの病院《びょういん》がありました。お母《かあ》さんの病院《びょういん》は、きれいで大《おお》きな病院《びょういん》でした。入《い》り口《ぐち》をぬけ、鼻《はな》に

つんとするにおいがするロビーは、たくさんの人《ひと》であふれていました。

さつきは、パジャマを着《き》たままの人《ひと》が、ふつうに歩《ある》いていることにおどろきました。足《あし》や頭《あたま》にほうたいをまいたり、車《くるま》イスにのったり、うでにくだをつけ、小《ちい》さなふくろの下《さ》がったぼうをひっぱっている人《ひと》もいました。

じろじろ見《み》ていたさつきはお父《とう》さんにたしなめられて、お母《かあ》さんの病室《びょうしつ》にいそぎました。

エレベーターで上《うえ》にあがっていくと、一番《いちばん》おくに、お母《かあ》さんの部屋《へや》はありました。ドアを開《あ》けるとさいしょに見《み》えたのは、ベッドにかがみこむ、かんごふさんの背中《せなか》でした。かんごふさんはふりむいて言《い》いました。

「今《いま》、てんてきのじゅんびをしています。少《すこ》しおまちくださいね」

かんごふさんの背中《せなか》のかげに見《み》るお母《かあ》さんの顔《かお》は、げっそりとやせていました。さつきはじっといきをつめて、かんごふさんの手元《てもと》とお母《かあ》さんの顔《かお》をみくらべました。

かんごふさんが出《で》て行《い》くと、三人《さんにん》はベッドにかけよりました。お父《とう》さんが手《て》をかして、お母《かあ》さんはベッドによりかかってすわりました。胸《むね》はうすくなり、手足《てあし》もほそく、全体《ぜんたい》てきにずいぶんやせてしまったようでした。さつきはじろじろ見《み》ないように気《き》をつけながら、ベッドのわきに立《た》ちました。

お姉《ねえ》ちゃんはお母《かあ》さんのうでにふれると、しんぱいそうに言《い》いました。

「うでの注射《ちゅうしゃ》、いたくない？」

「だいじょうぶ。ぜんぜんいたくないよ」

お母《かあ》さんが言《い》うと、お姉《ねえ》ちゃんは、病院《びょういん》のご飯《はん》はおいしい？ とか、夜《よる》は何時《なんじ》にねるの？ とか、つぎつぎとしつもんしました。そこにお父《とう》さんもくわわって、三人《さんにん》は楽《たの》しそうに話《はな》し始《はじ》めました。

しかし、さつきはだまったまま立《た》っていました。このあいだの電《でん》話《わ》のことも気《き》がかりでしたが、それいじょうに、ベッドにいるお母《かあ》さんを、知《し》らない人《ひと》のように感《かん》じていました。

そんなさつきに、お母《かあ》さんはにっこりと、えがおを見《み》せました。

「下《した》の売店《ばいてん》に、ジュースとかマンガがあるよ。さつきのすきなのを買《か》っておいで」

それは、さつきのだいすきなお母《かあ》さんのえがおでした。

病室《びょうしつ》を出《で》たさつきは、お父《とう》さんに手《て》をとられて、うつむきながら歩《ある》いていました。じょうずに話《はな》せない自分《じぶん》がもどかしくていやでした。さつきは、話《はな》そうと思《おも》っていたことを思《おも》い出《だ》そうとしました。けれど、そこら中《じゅう》にただよう、鼻《はな》につんとするにおいが気《き》になって、思《おも》い出《だ》すことはできませんでした。

さつきは、ひとりごとのように言《い》いました。

「お母《かあ》さん、すごくやせたね。でも、元気《げんき》になってよかった」

お父《とう》さんはやさしくわらいかけてくれました。

買《か》いものをおえてもどってきたさつきは、お母《かあ》さんの部屋《へや》に入《はい》る

前《まえ》に、大《おお》きくしんこきゅうしました。そして、

「ただいま！」

と言《い》ってから、病室《びょうしつ》に入《はい》りました。それからベッドによじのぼり、お母《かあ》さんの横《よこ》にぴったりとくっつくようにして、マンガをよみはじめました。お母《かあ》さんが「あれ、あれ」と言《い》い、みんながわらうと、さつきは、胸《むね》のおくがジンとするのを感《かん》じました。

お母《かあ》さんはさつきのかみをなでて、言《い》いました。

「ツリーのこと、ごめんね。デパートへは電話《でんわ》で注文《ちゅうもん》したから、大《おお》きさがよく分《わ》からなかったの。ゆるしてね」

さつきは、せいいっぱい心《こころ》をこめて、「うん」と、うなずきました。

あっというまに、帰《かえ》る時間《じかん》がきました。病室《びょうしつ》を出《で》るさつきたちの

後《あと》を、お母《かあ》さんはゆっくりと歩《ある》いてついてきました。

白《しろ》いふくろを下《さ》げたぼうを引《ひ》きずり、時《とき》おり立《た》ち止《ど》まっては、いたそうに顔《かお》をしかめるお母《かあ》さんを、さつきはなみだをこらえて見《み》ていました。

（お母《かあ》さんと手《て》をつなぎたい）

さつきはそう思《おも》いましたが、しかし、くだのついたお母《かあ》さんの手《て》にふれられませんでした。

病院《びょういん》の入《い》り口《ぐち》にお母《かあ》さんをのこし、さつきたちは病院《びょういん》を出《で》ました。それから、なんども後《うし》ろをふりかえって、お母《かあ》さんに手《て》をふりました。お母《かあ》さんもいっしょうけんめい、ふりかえしてくれました。そうして、道路《どうろ》に出《で》て、角《かど》をまがると、お母《かあ》さんも病院《びょういん》も見《み》えなくなりました。

角《かど》をまがるすんぜん、もういちどだけとふりかえったさつきは、道《みち》にのりだすようにして手《て》をふるお母《かあ》さんを見《み》ました。小《ちい》さな肩《かた》、くだのついたうで、きえてしまいそうなほど小《ちい》さくなったお母《かあ》さんのすがたは、さつきにとって、ずっとわすれられないきおくになりました。

三人《さんにん》はだまったまま、早足《はやあし》でバスていまで歩《ある》きました。なみだが、つーと、さつきのほおにたれていました。

それからまもなく、十二月《じゅうにがつ》の末《すえ》になって、お母《かあ》さんは退院《たいいん》して、家《いえ》に帰《かえ》ってきました。

「おかえり！」

さつきは、思《おも》いっきり、お母《かあ》さんにとびつきました。

「いたた……」

お母《かあ》さんは顔《かお》をしかめてから、そっとたしかめるように、さつきをだきしめました。

お母《かあ》さんの胸《むね》の中《なか》は、パジャマとおなじにおいがしていました。

さつきは鼻《はな》をおしつけると、からだ中《じゅう》でお母《かあ》さんのにおいとぬくもりを感《かん》じました。

「あら、どうしたの？　もうクリスマスはすぎたのに」

お母《かあ》さんが居間《いま》のほうを見《み》て、おどろいたように言《い》いました。そこには、お父《とう》さんにいちどダンボールにしまわれてしまった、あの

クリスマスツリーがかざられていました。

もじもじして何《なに》も言《い》わないさつきにかわって、お姉《ねえ》ちゃんが口《くち》をひらきました。

「さつきがね、お母《かあ》さんが帰《かえ》ってくるまで、かざっておくって」

お見《み》まいから帰《かえ》ってきたさつきは、お父《とう》さんにおねがいして、ツリーをもういちど、組《く》み立《た》ててもらっていたのです。

「さつき、ありがとうね。来年《らいねん》はいっしょに行《い》って、もっと大《おお》きなの、買《か》おうね」

さつきは、てれくさそうわらってから、

「ううん、いいの。お母《かあ》さんが家《うち》に帰《かえ》ってきたから、これでいいの」

と言《い》いました。

木《き》のてっぺんに大《おお》きな星《ほし》をのせられたツリーは、電球《でんきゅう》をつけると、赤《あか》や緑色《みどりいろ》に美《うつく》しくかがやきました。

その夜《よる》、さつきはまくらをもって、お母《かあ》さんの部屋《へや》にいきました。

「お母《かあ》さん、いっしょにねていい？」

と聞《き》きました。

「もちろんよ」

さつきはお母《かあ》さんとまくらをならべました。顔《かお》をよせると、お母《かあ》さんのパジャマは、やわらかく、ふかふかしていました。

さつきはお母《かあ》さんのにおいのするパジャマに鼻《はな》をおしつけて、あんしんしてねむりました。

（おわり）

●あとがき

『「いのち」の輝《かがや》き、優《やさ》しさを描《えが》いた童話作品《どうわさくひん》を募集《ぼしゅう》』ほたる賞《しょう》の公募《こうぼ》を見《み》たとき、わたしの頭《あたま》の中《なか》に、病気《びょうき》の母親《ははおや》を見舞《みま》った日《ひ》のことが鮮明《せんめい》によみがえっていました。二十年《ねん》経《た》った今《いま》でも、あの日《ひ》の風《かぜ》のにおい、空《そら》の色《いろ》、その一つでさえ忘《わす》れることはありません。

わたしはその思《おも》い出《で》を、さつきにたくしました。お母《かあ》さんのパジャマをだいて、丸《まる》まって眠《ねむ》るさつき。わがままから、大《おお》きな間違《まちが》いをしてしまうさつき。そのどれもが、わたし自身《じしん》の姿《すがた》でもあります。

この物語《ものがたり》を書《か》き終《お》えて、わたしは、良《よ》いことであれ、悪《わる》いことであれ、同《おな》じ日々《ひび》が永遠《えいえん》に続《つづ》くことはないのだと改《あらた》めて気《き》づきました。だからこそ、「いのち」は輝《かがや》き、優《やさ》しさを持《も》つのかもしれません。

この物語《ものがたり》を読《よ》んでくださった皆《みな》さんにも、忘《わす》れられない思《おも》い出《で》がきっとあるはずです。その思《おも》い出《で》を、どうか大切《たいせつ》にしてください。それが、昨日《きのう》のあなたとこれからのあなたをつなぐ、大切《たいせつ》なものになるはずです。

最後《さいご》に、今《いま》まで励《はげ》ましてくれた仲間《なかま》と、そして、なにより、元気《げんき》になった母《はは》、優《やさ》しい父《ちち》と姉《あね》、新《あたら》しく家族《かぞく》となった甥《おい》と主人《しゅじん》に感謝《かんしゃ》したいと思《おも》います。

講評者紹介

小沢昭巳（おざわ あきみ）

1929年、富山県朝日町生まれ。小学校教師のとき、いじめをなくす願いをこめて壁新聞に「とべないホタル」を発表。時を経て1990年、『とべないホタル』（ハート出版刊）で第1回高岡市民文化賞受賞。1991年、北日本新聞功労賞受賞。1992年、富山県功労賞受賞。

●講評《こうひょう》

渡辺《わたなべ》さんの『おかあさんのパジャマ』一読《いちどく》、児童《じどう》文学《ぶんがく》の新《あたら》しい作家《さっか》の登場《とうじょう》を感《かん》じました。

素材《そざい》に向《む》けられた視線《しせん》の確《たし》かさ、文体《ぶんたい》のみずみずしさ、構成《こうせい》の緻密《ちみつ》さなど、すべてこの作者《さくしゃ》の天性《てんせい》のものなのでしょう。ただただ畏敬《いけい》の念《ねん》を抱《いだ》くだけです。

素材《そざい》は、母親《ははおや》の入院《にゅういん》という緊急《きんきゅう》の事態《じたい》。それに伴《ともな》う家族《かぞく》の戸《と》惑《まど》いや感情《かんじょう》の行《い》き違《ちが》いなどが、実《じつ》に細《こま》かく描《えが》き分《わ》けられています。そして、その中《なか》で主人公《しゅじんこう》の少女《しょうじょ》の屈折《くっせつ》した心理《しんり》が緻密《ちみつ》に辿《たど》られています。うまく対応《たいおう》できず、あちこちと衝突《しょうとつ》しながら、次第《しだい》に自己《じこ》を自覚《じかく》し、「人生《じんせい》」に目覚《めざ》めていくプロセスが、なんとも見事《みごと》に描《えが》き出《だ》されています。そして、この少女《しょうじょ》に注《そそ》がれる作者《さくしゃ》の眼差《まなざ》しが、なんと温《あたた》かく、厳《きび》しいことでしょう。

豊《ゆた》かな才能《さいのう》で素材《そざい》に直面《ちょくめん》し、文学《ぶんがく》の本道《ほんどう》に迫《せま》った秀作《しゅうさく》です。

作者紹介

渡辺博子（わたなべ ひろこ）

1977年、静岡県生まれ。共立女子大学文芸学部卒業。大学時代、童話や物語を書き始める。2004年「コンコンぎつねの絵本を作ろうキャンペーン」最優秀賞受賞。

図書館勤務を経て、現在、書店員。趣味は色々なことに挑戦すること。

画家紹介

鈴木永子（すずき ながこ）

1953年、秋田県生まれ。広告デザインの仕事の後、フリーのイラストレーター。

主な作品（さし絵）に「ひみつの小屋のマデリーフ」（国土社）、「ちょっとだけ」（福音館書店）などがある。

おかあさんのパジャマ

平成17年7月1日　第1刷発行

ISBN4-89295-519-1 C8093
N.D.C.913／64P／21.6cm

発行者 日高裕明
発行所 ハート出版
〒171-0014 東京都豊島区池袋3-9-23
TEL. 03-3590-6077 FAX. 03-3590-6078
ハート出版ホームページ http://www.810.co.jp/

印刷・製本／図書印刷

★乱丁、落丁はお取り替えします。その他お気づきの点がございましたら、お知らせ下さい。